JN089498

ちいさな勇気

Hirooka Moriho
広岡守穂詩集

土曜美術社出版販売

詩集

ちいさな勇気＊目次

第一部　多様性

第二部　異国

第三部　ちいさな勇気

詩集

ちいさな勇気

第一部　多様性

美というもの

1

対称式と交代式の勉強をしていたときのことだ
複雑な対称式が基本対称式で表現できるなんて
数学は美しいと感じた

2

学生のとき　ぼくは
民芸調の食器や什器に惹かれた
船簞笥だの暖簾だのもいい

素朴で　なつかしくて　使い勝手がよくて　すぐれもの
それと木喰仏
あとになって用の美という言葉を知ったとき
なるほどそうだったのかと納得したものだ

3

ぼくはガウディよりル・コルビュジェが好きだ
ル・コルビュジェの建築はなにしろすっきりしている
機能的で健康だ
屈託がない
そこで働く人びとを元気にする
自然の世界に直線はない
これぞ人工美だ

4

ゴッホやミケランジェロより
駅でみたポスターのほうが美しい
きみはそう思うことはないか?
光沢といい　鮮明さといい
きっぱりしている
大量に複製される
現代のデザイナーはいい仕事をしている
それにひきかえ　美術館に行くと　疲れる

5

さてさてわが家だが
皿は白無地ばかり
台所のテーブルは家具量販店で買った安物

下駄箱の上に飾ってあるのは
中国の小さな農民画
それと階段の踊り場に
あちこちのアジアの市場で買った
小さな象の置物
家中を占拠する書籍　家具　衣類に
その他もろもろに
もっともろもろに
もっともっともろもろ

美というものは本当に多様だ

詩と数学

1

詩と数学は似ている
一瞬のひらめきがことばを呼び出す
宇宙の真相に到達する道だ

1とか2とかいう数は人間の頭のなかにある
頭の中だけにしか存在しない
1というものや2というものが
そこらあたりにころがっているわけではない

ところが頭の中にしかない数を組織すると
物体の面積を計算したり
速度を計算したりできる
あげくはロケットの軌道も計算できる
そして計算結果は事実と合致する
なぜ頭の中の概念が地上のものごとのありように合致するのだろうか

2

詩と数学は多様性の調和をうかがわせる
ものやことに名前をつけ
その名前を組み合わせてことばをつむぐ

赤ん坊が生まれると

可愛いと感じ
可愛いと感じたらその性質を探究する
そのときの一瞬のひらめきが
数学問題の解法がひらめくときと似ている

3

とはいえ詩人はうぬぼれてはいけない
詩人のひらめきが世界の真相を究めたことはない
似ているというだけのことだ
ピタゴラスは詩人かもしれないが
詩人が三平方の定理を発見することはない

世界の真相は複雑精妙で
たくさんの自然科学が分化し

人文学が分化し
音楽や美術が分化し
宗教が分化し
そのすべてをひらめきが誘導している

4

わたしは多様性の調和を信じたい
しかし　あらゆる種類のひらめきが調和するとは
断言できない
ピタゴラスもアルキメデスも
故なく殺害されたのである

多様性は強者の旗か

文化の多様性は人類の大切な財産だ
かそけきものや弱いものに光が当たるとき
多様性は美しい

多様性は尊重すべし
だれにも異論あるまい

だが一筋縄ではいかない

本当の多様性は個人に属する
個人の多様性を抑圧する社会をわたしは嫌悪するし
個人の多様性を抑圧する国家は人びとに支持されない

一九七七年　ジミー・カーター大統領が誕生した
政権は人権外交をかかげた
諸国民の基本的人権が守られること
それを外交の基本方針にすえた

一九九一年　ソビエト連邦が崩壊した
すると東欧諸国が次々とＮＡＴＯに加盟し
ＮＡＴＯの東方拡大がおこった
どれほどソ連が嫌われていたか　あかるみにでた

人権外交はリベラリズムの旗であり
ＮＡＴＯ拡大はリベラリズムの勝利である
だが何ともいえず後味が悪い

強者がアフガンや北朝鮮の人権状況を云々し
中国を恐れて人権状況を云々する
強者が同盟の輪を広げてロシアを追い詰める

中国は露骨な人種差別をやめればいいし
ロシアはＮＡＴＯ加盟を希望すればいい
賢明な指導者ならそうするだろう
だがそうはならないのだ
政治の愚者は痛い目にあわなければ懲りないからだ

人権外交は　人類普遍の価値たる人権の
有権解釈をおこなうのは自分だという宣言に等しい
ＮＡＴＯ拡大は　自分たちの価値と富が
どんな国にとっても
あこがれの対象だと自負していることの証明だ
だが賢明な指導者は
自分だけが天使だというふるまいをするだろうか？

多様性が強者の旗となるとき
愚者は被害妄想にとりつかれて追い詰められ
強者は自分が天使だという妄想にとりつかれる

わたしはそんな多様性を
もろ手で　かつ大声では是認しない

デモクラシー

1

良き生き方は人それぞれ
それを尊敬することなしに
自由を語りはしないでおこう

ひとはみな良き生き方をめざしている
良く生きる権利がある
自由な生き方のために平等な機会を提供する
それが自由平等ということの本当の意味だ

2

良き生き方を手に入れるため
ひとは学ぶ
ある人びとは
偏差値の高い大学に殺到したり
資格試験の準備をしたりするが
ほかの人びとは
福祉や正義のために学ぶ
また　ほかの人びとは
安定した人生の基礎を手に入れようとする
生き方を変えようとして
おとなになってから　学びはじめる人もいる
いくつになっても　どこにいても

良き生き方をいとなむ力を高める
そのための学びの機会があること
それは21世紀のデモクラシーの条件だ

3

良き生き方は人それぞれ
それを尊敬することなしに
自由を語りはしないでおこう

本然の生を生きよ

本然の生を生きよ
まっすぐに生きよ
まようことなく

生得の生を生きよ
ひたむきに生きよ
ひるむことなく

汝の心の奥底の

叫びを叫べ
正確に叫べ
声を限りに叫べ

自己の本然の生を生きよ
まっすぐに生きよ
あざむくことなかれ

山に立つ

山に分け入る
陽光に照り映える木々の葉をみる
近く裏から見たり　また遠く表から見たりする
わが来し方行く末を眺める
渓流のほとりにたたずみ
眺める

山を抱く
木々の葉をかきあつめる

陽光にすかしその葉脈の形状をうつしとる
それをわが来歴にかさねる
原生林を望んでわが来歴を照らす

山に立つ
いただきにふたり立つ
ぼくの立つ岩がぼくをささえ
あなたの立つ岩があなたをのせる
ぼくはあなたに　寄り掛かるまい
あなたもまた　ぼくにもたれるな
並び立つ岩のごとく
ふたりすっくと立つ

みすゞと雪嶺のように

金子みすゞは
みんなちがってみんないい
といい
三宅雪嶺は
諸民族の多様な調和を説いた
みすゞは詩人で雪嶺はジャーナリスト
まるで違うふたりだが
あなたとぼくみたいで
ちがっていい

あなたはアウトドア派で、ぼくはシティボーイ
あなたは山登りが好きだが
ぼくは高いところなら高層ビルの最上階がいい
バーでブランデーグラスを傾けながら
まちのあかりを眺めるのが好きだ

あなたとぼくはまるで違うと思う
あなたも同じように感じているだろう
ぼくは受験勉強をするタイプで
あなたは勉強はしても受験勉強はしないタイプ
ぼくは本をあとがきから読むが
あなたはあとがきを読まない

あなたは徹底した弱者の味方で
障がい者　女性　少数民族　介護　貧しい人たちのことにとても詳しい
同情じゃなく共感
その姿勢にぼくはとても驚かされたものだ

ぼくは女性には機会をと考え　ヘイトスピーチを憎み　障がいがある人を
　かわいそうと思うが
それは知識と同情による

あなたとぼくは　みすゞと雪嶺のように
反発しながら感化してきた
人間の多様性に対する尊敬と好奇心を共有してきた
そのことにぼくは誇りをもっている

第二部　異国

星よ月よ風よ

ロシアのウクライナ侵略に強い怒りを覚える
星と月と風にこの思いを託す

1

星よ　たちあがる人を照らせ
ほのかな光で照らせ
大地を歩む小さな生き物たちを
闇をつらぬくほのかな光で包め
抱きしめるように包め

郷土と同胞の防衛にたちあがる人よ
生き物すべてを包む光が
あなたを包んでいる

2

月よ　たちあがる人を照らせ
あかあかと照らせ
海にただよう小さな生き物たちを
さやかな光で凛とさせよ
においたつ息吹で満たせ
暴虐な隣人にたちむかう人よ
生き物すべてに差す光が
あなたを照らしている

3

風よ　たちあがる人に吹け
ゆるやかに心地よく吹け
大地を歩む小さな生き物たちを
やさしくほのかな風で包め
そっといたわるように包め
郷土と同胞の防衛にたちあがる人よ
生き物すべてに吹く風が
あなたに吹いている

さし出された手のひら　一九八〇年

アジアの夕暮れ　マンダレーの寺院で
ふくろうのおもちゃくれた
まずしい少女は裸足だった
プレゼントかと思ったら
かわいい手をさし出して
ぼくをみつめた　ものごいの目
あどけない笑顔つくって
さし出された手のひらが
わすれられない

アジアの昼下がり　バンコクの市場で
赤ん坊抱いて立ちつくす
やせぎすの　わかい母親
目と目があったと思ったら
ひびわれた手をさし出して
ぼくをみつめた　ものごいの目
いつわりの涙うかべて
さし出された手のひらが
わすれられない

ぼくは気ままなバックパッカー
なさけはひとのためならず
ほどこしはいっときの自己満足

いつわりの涙が真実の涙で
真実の涙がいつわりの涙か
ぼくの一ドルで少女が
ぼくの十ドルで母親が
ゆたかになれるわけじゃない
でもそれなのに　わすれられない
あの手のひら

年の瀬のハノイで考えたこと

1

旅のはじめはことばからと
用意周到CDで
勉強してきたはずなのに
シンチャオ[*1]もカムオン[*2]も通じなくて
わたし　すっかり意気消沈
ノイバイ空港　雲低く
年の瀬のハノイは肌寒し
わたしの気持ちも肌寒し

2

トゥーレ湖畔の動物園
家族づれに人気のスポットだが
お猿の人形が子どもたちを
はったと睨みつけている
よくよくみればその猿は
東アジアの人気者
マンガやテレビのヒーローだ
天下無敵の孫悟空

3

湖畔でフルーツを売る女
お店は自転車の荷台なり

二〇〇〇ドン紙幣でミカンを買えば
一抱えもする量が来た
女はニコニコ愛想よく
おまけもつけてくれたので
食べきれないとは知りながら
こちらもにっこり微笑んで
愛想返しのコミュニケーション

4

思えばかつてこの国は
フランス軍を撃破して
独立達成したかとみれば
しゃしゃり出てきたアメリカと
長いいくさになりにけり

東京オリンピックの年に
ぼくは中学一年生
その年　北爆がはじまった

5

あんな小さな国をいじめてと
ぼくはアメリカが嫌いになった
ピーター・ポール＆マリーを
何度も何度も聞いたものだ
涙がとまらなくなったこともある
きっとぼくだけではなくて
世界中の若者たちが
アメリカが嫌いになったと思う

6

一九七三年にアメリカ軍は撤退した
まもなく南北は統一し
民族自決が完結したが
今度は北の中国が
30万もの大軍で
攻めてきたのが七九年
ひとたまりもないかと思いきや
少数精鋭のベトナム軍に
中国軍はあえなく惨敗

7

天下無敵の国なれど
芳しからざるは経済なり

やっと中進国になったとはいえ
七〇〇万人の大都市に
地下鉄いまだ開通せず
二〇〇〇ドンは50円
物価の低さが貧しさの
度合いを如実に物語る

8

ドイカン通りの両側の
歩道は敷石がしいてあるが
あちらこちらがはがれている
朝はやくから屋台が出て
小さな腰掛けを歩道に並べ
中年女が揚げ餅を売る

若い男が所在なげに
餅を食べ食べコミュニケーション
失業者なのか　一仕事した帰りなのか
外国人にはわからない

9

ふりかえりみれば　ベトナムと
韓半島の来歴は
よく似たところが多々あって
まずは儒教の国なりき
イデオロギーで南北に
別れたことも同じなれば
アメリカ中国を相手にして
たたかったことも同じなり

10

されどかたやは統一し
アメリカ中国と和解して
共産党の体質は個人独裁とは縁遠し
かたやは分断が固定して
暗雲たれる政情は
対岸のこととも思われず
さはさりながら韓国は
ベトナムへの投資が世界一

11

ベトナムは微笑みの国
ぼったくりまがいも多いけど

それもコミュニケーション不足のためと
考えてみれば腹もたたず
さりとて不便もはなはだし
移動手段はタクシーだが
ことばも通じぬ異邦人が
いかでか意志を通ずべき

12

さてさて交通はとみれば
ハノイはバイクの天下なり
バイクと車の大群が
ひっきりなしに往来するから
道をわたるのは命がけ
横断歩道がなかろうと

交通信号無視しても
道を横切って良いけれど
走ったり慌てたりは絶対不可
ゆっくり堂々とわたるべし
するとバイクが避けていく
ことばなんかはいらなくて
これがホントのコミュニケーション

＊1　シンチャオ＝こんにちは
＊2　カムオン＝ありがとう

夏のソウル

覚えてる？　仁寺洞(インサドン)につづく
博物館の長い壁
甃(いしだたみ)の坂道
きみは　スキップ　スキップ　スキップ
陽気に　スキップ　スキップ
チマひるがえして　ふり返れば
きみの笑顔は　おひさまの光のまん中
暑い夏　サマー・ミッデイ

覚えてる？　仁寺洞の民俗茶廊
甘酸っぱい五味子茶（オミジャチャ）
ふたりですすったね
きみは　ステップ　ステップ　ステップ　ステップ
陽気に　ステップ　ステップ　ステップ
道ばたのベンチをお立ち台に
コリアン扇子かざして　ふり返れば
きみの瞳は　真っ赤な太陽

二〇一三年　中国の早春

人民よ国家の栄光に加担するな
国家が人民の人生に貢献せよ

1

広州のスコール
大学の石造りの廊下をたたく
自転車を駆る若い女の肩に
うっすらと虹

大都市の真ん中に
うっそうたる森
森の中に点在する
大学の建物

ホールの古書市に
稀覯本の出物なし

2

北京のスモッグ
高級外車をおしつつむ
歩道を行く工人（ゴンレン）の肩に
マスクをした幼女

太った西洋人の老夫婦が
巧みに操る中国語の響きを聞く

3

エキゾチックな洋館のまち天津
南開大学の図書館に
家永三郎教授の寄贈書多数あり
開いて驚く
どの本のどのページにも
朱色の傍線をみる

4

上海の餐庁（ツァンティン）
丸テーブルを囲む華人社用族

耳をかたむければ聞こえる
鳥インフルエンザのうわさ話
人民よ国家の栄光に加担するな
国家が人民の人生に貢献せよ

長春　一九九〇年

五月
ポプラの樹々が町中に綿毛の雪を降らすとき
長春は美しい
わたしの机の上に落ちた綿毛は
見ていると　いつまでも繊細にふるえていたものだ

自由市場の店先で見つけた蚕の繭は
煎って食べると　まるで味のないバターのようだ
食べるには勇気がいるが

その味は食べるのに必要な勇気の量にくらべると
だいぶ物足りない

秋がおしつまると　街頭に白菜の山
町中が冬じたくにおおわらわなのだ
石畳の舗道にひとつひとつ
きちんと並べ敷かれた白菜を　そっと黙って食べてみたら
今年の白菜は美味しいかおいしくないか
みんなに告げることができるだろう

十一月になって雪が降り　降った雪がカチンカチンに凍りついても
人びとは元気に自転車のペダルを踏み
突き刺すような寒気の中を疾駆する
ときどき　タイヤを滑らせて盛大にころんでも　人びとは

怒ったり舌うちしたりはせず
笑いさざめいている
え忘れざる街　長春

上海錦江飯店

上海錦江飯店のキングサイズベッドは、びっくりするほど巨大だった。

あの日もひどく蒸し暑い日だった。龍だの鳳だの、万里の長城だののぼんぼりを見て、「灯会(ダンフイ)」から帰ったのは、夜も十時をすぎたころだった。部屋にはいるなり、ぼくは、あの大きなベッドの上に仁王だちになって、龍だの鳳だのの真似をしながら、エイトビートのリズムで、着ているものを全部脱いだ。

翌朝、南京路の珈琲庁(カーフェーティン)で、ぼくは、中国煙草をくゆらせながら、まちをゆく大勢の人びとの姿をぼんやりと目で追いかけていた。いまだからいうが、仕事をやめるつもりだったぼくは、これからの不安でいっぱいだったのだ。

　上海から南京へ行く予定だったが、やめた。有名な明の皇帝たちの陵墓も、虐殺記念館も、魅力がなくなっていた。こんなに大勢の人に見られたのだったら、わざわざ見にいく値打ちなんかない。そう感じた。

　珈琲庁を出て、ぼくはどこへ行くというあてもなく公共汽車(バス)に乗った。吊革につかまって車窓から外を眺めると、目の下を行き交う人がつぎからつぎと途絶えることなく、前方から滑ってきては後方に飛びさっていった。

　その夜、ぼくは、また大きなベッドの上に仁王だちになって、一枚一枚、着ているものを脱いだ。こんなふうに過去を脱ぎ捨てることができたら、どんなにいいだろうと、思った。

香港　二〇〇一年

ミレニアム

汽笛　爆竹　歓声　拍手
岸にそびゆる　高層ビルに
かがやく龍の　イルミネーション
香港波止場の　ミレニアム

情人情話

新年愉快（しんねんいーくわい）　長寿快楽（ちゃんしょうくわいらー）
夜風は誘う　フェリーのデッキ

情人（ちんれん）　情人（ちんれん）　相擁しつつ
広東話（かんとんほあ）にて　むつみごと

萬晶鶏（まんちょんがい）

バックパッカー　面条（めんてぃやお）啜る
小吃店（しゃおちーでぃえん）の　店先みれば
つるりん　デリシャス　萬晶鶏（まんちょんがい）が
これ見よがしに　逆さ吊り

イスラム寺院

人民密集　猥雑　蕪雑
モンコク界隈　喧噪なれど
イスラム寺院の　停車場に来る
二階建てバス　行儀よし

印度人警備員

銀行強盗　多くもあるか
印度人なる　警備員みな
小銃携行　万客威圧
金を入れたら　すぐ帰れ

ビクトリア・ピーク

昔、ピークを独占したる
英国人の大富豪らは
「犬と漢人　立入禁止」
傲慢高札　立てしとぞ

香港回収

人民中国赤しと言えど
話し言葉に　不平等あり
普通話（ぷーとんほぁ）より　広東話（かんとんほぁ）ぞ
広東話（かんとんほぁ）より　英語（いんゆぃ）ぞ

小樽の異邦人

1

だぶだぶ服の大道芸人が
ベンチの上でパフォーマンスする
運河沿いの散歩道
海の向こうの国々から来た
観光客が異国ことばで
笑いさざめく

われひとり異邦人のごときかな

2

運河沿いの散歩道で
恋人は女にさりげなく
別れを告げた
それとも知らぬ大道芸人が
おしあわせにと
営業用の笑顔で恋人たちを祝った

われひとり異邦人のごとくなり

3

われひとり異邦人
わたしの感情を受けとめる人もなく

独りぼっちの　わがこころ

わたしの声をこだまに返す山もなし
わたしの旅を終わらせる岸辺もなし

わが幼少より親しめることばも
海向こうの異国のことばのごとく
意味不明のことばの波になって
あとからあとから押し寄せてくる
わが身のまわりを　ことばたちが

めぐり　めぐり　めぐる　めぐる

第三部　ちいさな勇気

ちいさな勇気

1

あなたとともに　みつけた
ちいさな勇気
人かげ絶えた　キャンパスで
紙コップのコーヒー片手に
たくさんのことを　語りあった
りりしく　そしてたおやかに
生きていこうと　こころに決めた

生きることに勇気がいったあのころ
あなたに出会った

2

あなたとともに　みつけた
ちいさな勇気
雨のそぼ降る　明治通り
ふたりとも　口をきかずに
あるいた　あの道
つましく　そしてさわやかに
生きていこうと　こころに決めた
生きることに勇気がいったあのころ
あなたに出会った

3

あなたとともに　みつけた
ちいさな勇気
学生街の小屋で
いっしょにみた深夜映画
ことばはいらなかった
すがしく　そしてつややかに
生きていこうと　こころに決めた

生きることに勇気がいったあのころ
あなたに出会った

ぬくもりときずな

1

背中合わせに　すわっていたら
ぬくもりがつたわる
しかし　おもいは　つたわらない

向かい合わなければ
おもいはつたわらない

いくらつぶやいても

おもいはつたわらない

人はぬくもりを口にするが
それは他者のおもいを
聞きたくないときだ

2

腕をくんでいても
きずながきるわけじゃない
かんちがいしないでほしい

語らなければ
おもいはつたわらない

聞かなければ
きずなはできない

人はきずなを口にするが
それは他者のおもいを
聞く必要がないからだ

3

強い人は他者にぬくもりをもとめるけれど
弱いものが求めるのは声を聴いてもらうことだ

わたしは
人にぬくもりを与えるために
生まれてきたんじゃない

強い人は他者とのきずなを語ろうとするけれども
それは本当のきずなじゃない

わたしは
うわべだけのきずななんか
ほしくない

先生がおしゃれして来た日

授業参観に行った
六年四組の担任は若い女の先生だ
保健の時間は　エイズについての授業で　先週のおさらいだった

感染の仕方が三つあります。覚えていますか？
ハーイ、血液感染です
それから？
母子感染です
それから？

性交感染です
子どもたちがくすくす笑った
すると先生は
「おかしいことじゃないのよ」と言った

親も子どもたちとおなじプリントを渡された
蚊に刺されても　コップを共有しても　エイズは容易に感染しないことを
学んだ

それから先生はエイズにかかったアメリカの少年の話をした
少年は血友病で　その治療に使われた薬が汚染されていたために感染した
少年はすさまじい偏見にさらされた
学校からも登校を拒否された
いま彼は床に伏している
そのもとに全米から励ましの声が届けられている

そういう話だった
いい授業だった

帰りの会で　子どもたちはその日でいちばんのできごとを話し合った
毎日その日のトップニュースを決めて　教室のカベにはり出す
トップニュースはすぐに決まった
それは「先生がおしゃれして来た」というのだった

こころざしをください

わたしの子どもたちに勇気をください
伝説のモンゴルの少年少女のように
千の山を越え千の谷をわたって
世界の果てまで行き
悪を打ち砕き
天のほころびをつくろう
勇気をください

わたしにこころざしをください

大地をわたる風のように
千のまちをたずね万の人に語り
老若男女あまたの人びとが
手と手を結んで
ともに生きる
こころざしをください

わたしたちにちからをください
時空をかける天馬のように
千万の夜をすぎ億の昼をすぎて
親から子へ子から孫へ
受け継ぐもので
時の破断をつなぐ
ちからをください

あゆむくんに

1

きみが生まれて　自分の人生をふりかえりました
すると大事な思い出は　すべて大切な人とのことでした
中学校の同級生と恋をしたこと
その人との間にきみのお父さんが生まれたこと
きみのお父さんの寝顔をみていいて
いつまでもいつまでも飽きなかったこと

人は

自分を見つめてくれる人が必要です
自分を認めてくれる人が必要です
自分を求めてくれる人が必要です

2

きみが生まれて　なつかしい場所をたずねました
三〇年前住んでいた小さなアパート
きみのお父さんをつれて遊んだ公園のブランコ
きみのお父さんが通った幼稚園
何からなにまでちっとも変わっていませんでした
立木だけが大きく枝を張り　たくさんの葉を茂らせていました

きみのお父さんがバアバのおなかに宿ったとき
ジイジとバアバは

きっと命を大切にしようと堅く誓いました
そのあときみのおばさんやおじさんが
あわせて四人も生まれたんですよ

3

きみが生まれて　きみの両親の名前を
新聞の意見広告の欄に
みつけた日のことを思い出しました
「殺すな」という大きな文字の中に
きみの母さんと　きみの父さんの
小さな名前が
そのほかの大勢の人たちとともに書かれていました
ジイジはそれを飛行機の中で
読んでいた新聞にみつけ

びっくりし
それから　きみの両親の
大きな勇気を感じました

きみの両親は
ジイジの誇りです

いつかきみも知ることがあるでしょう
イラク戦争という悲劇があったことを
たくさんの戦争があったことを
戦争をやめよと声を限りに叫ぶ
もっともっとたくさんの人がいたことを

4

きみが生まれて　バアバはジイジにいいました
障がいがあるとかないとか　そんなことは
なあんにも関係がないでしょ
わたしたちの大事な孫だから　かけがえのない孫だから
大切に大切に可愛がって育てようね
ジイジも本当にそうだなあとしみじみ思いましたよ

だれもが
自分を見つめてくれる人を
自分を認めてくれる人を
自分を求めてくれる人を
必要としています

あとがき

この詩集のテーマは多様性（ダイバーシティ）です。

第一部で人間の活動の多様性を、第二部で民族の多様性を、第三部で個人の多様性をみつめました。

生物多様性といい、ＳＯＧＩ（性の多様性）といい、アファーマティブ・アクションといい、さまざまな多様性が注目されています。

多様性は自由の本質だと思います。人が自由を口にするとき、たいていのばあい、自分がしたいことの自由を主張しています。でもそれは自由の入り口でしかありません。自由を突き詰めていくと自分と違う他者の生き方を尊敬することにつきあたります。他者の生き方を尊重することなしに自分の自由ばかり主張していいわけがありません。つまり自由とは多様性を認めることです。多様性がなければ自由はありません。わたしの自由も、あなたの自由も、です。

わたしは一九五一年生まれ。性格は半分リベラル、半分リバタリアン。二十一歳のときに学生結婚しました。宮仕えが嫌で会社員にも公務員にもなりたくなかった。それで五年近く遠回りしました。その間、アルバイトで食いつなぎました。人生を振り返ってみると、そのころのことがいちばんなつかしいです。

妻とわたしはまるで違う性格でしょっちゅう衝突してきたし、いまも衝突しています。こんな女といっしょになるんじゃなかったとケンカするたびに反省していますし、彼女もこんな男と結婚して人生が台無しになったと年がら年中後悔しています。でもわたしには彼女が必要ですし、たぶん彼女もわたしを求めています。たぶんじゃなくて、あきらかに。というわけで多様性を認めることは人を愛することに似ています。

三十八歳のときに一年間中国で一人暮らしをしました。人間関係、しきたり、社会制度など、なにからなにまで新しい経験でした。長距離列車に乗ると、となりの席の人が親しげに話しかけてきます。どこからきたか、何歳か、からはじまり、結婚しているか、子どもは？　最後にはかならず年収はいくらかと聞かれたものでした。ヨーロッパからきた人たちと数人で旅したとき、スイス人のヘレンが独身だと答えると、いあわせた中年女性が、まあ可愛そうに、それなら中国の男と結婚しなさい、中国は人口が多いから、いい男はたくさんいる。よりどりみどりだよと、大まじめにいいました。わたしは異国の人たちとの、そんなやりとりが好きでした。いまでも好きです。

自由のために、ちいさな勇気が必要です。親の反対を押し切って学生結婚するときとか。ＬＧＢＴＱの人とかも勇気が必要なときがあります。親しい人たちのなかにもそういう人がいます。第１部に収録した「本然の生を生きよ」はそういう人の励みになればと思って書きました。

二〇二三年二月

広岡守穂

著者

広岡守穂（ひろおか　もりほ）

一九五一年石川県生まれ。
詩誌「北國帯」同人、「日本未来派」同人

詩集　ちいさな勇気（ゆうき）

発行　二〇二三年三月二十五日

著者　広岡守穂
装丁　直井和夫
発行者　高木祐子
発行所　土曜美術社出版販売
〒162-0813　東京都新宿区東五軒町三―一〇
電話　〇三―五二二九―〇七三〇
FAX　〇三―五二二九―〇七三二
振替　〇〇一六〇―九―七五六九〇九
印刷・製本　モリモト印刷
ISBN978-4-8120-2751-6　C0092

© Hirooka Moriho 2023, Printed in Japan